THIS BOOK BELONGS TO:

_____

_____

_____

TEST COLOR PAGE

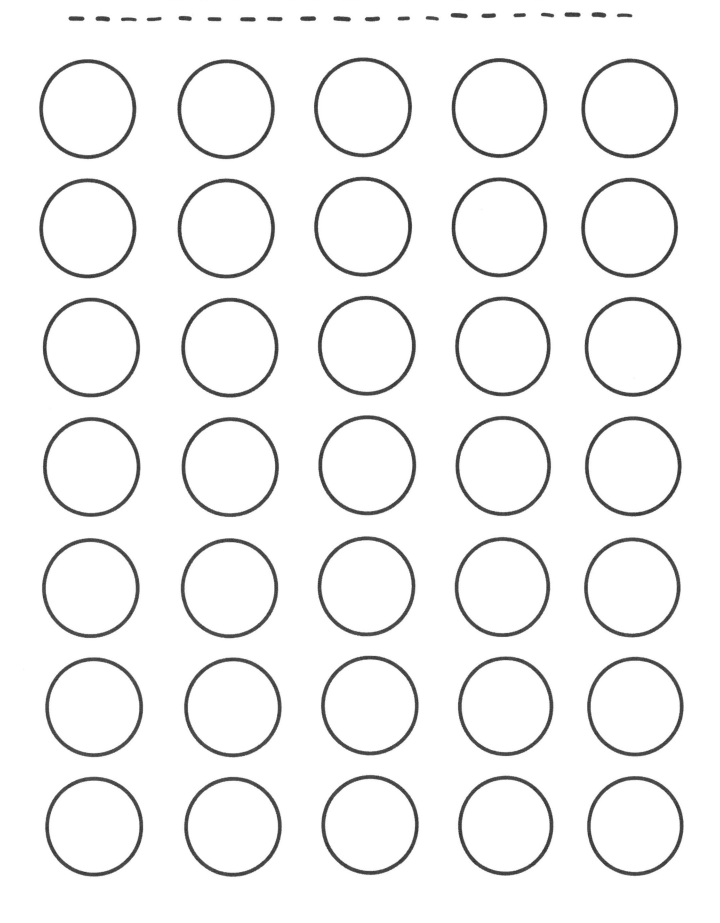

1 ORANGE 2 PINK 3 BLUE 4 GREEN

5 TAN 6 YELLOW 7 LIGHT BLUE 8 PURPLE

1 RED 2 ORANGE 3 PINK 4 BROWN

5 BLACK 6 GREY 7 LIGHT BLUE 8 BLUE

1 (TAN) 2 (ORANGE) 3 (PINK) 4 (LIGHT BLUE)

5 (GREEN) 6 (YELLOW) 7 (BLUE) 8 (PURPLE)

1 (WHITE) 2 (BLUE) 3 (LIGHT BLUE) 4 (YELLOW)

5 (ORANGE) 6 (PINK) 7 (PURPLE) 8 (GREEN)

1 (PINK)   2 (LIGHT BLUE)   3 (PURPLE)   4 (BLUE)

5 (WHITE)   6 (GOLD)   7 (GREEN)   8 (ORANGE)

1 TAN 2 PINK 3 GREEN 4 LIGHT BLUE
5 YELLOW 6 PURPLE 7 BLACK 8 BLUE

1 PINK 2 PURPLE 3 LIGHT BLUE 4 GREEN

5 TAN 6 YELLOW 7 GOLD 8 BLUE

1 GREEN 2 BLUE 3 LIGHT BLUE 4 YELLOW

5 ORANGE 6 PURPLE 7 PINK 8 RED

1 YELLOW 2 BLACK 3 GREY 4 PINK

5 GREEN 6 TAN 7 WHITE 8 PURPLE

1 (RED ~~>   2 (PINK ~~>   3 (GREEN ~~>   4 (BROWN ~~>

5 (WHITE ~~>   6 (YELLOW ~~>   7 (LIGHT BLUE ~~>   8 (BLUE ~~>

1 TAN   2 BROWN   3 GOLD   4 GREEN

5 YELLOW   6 ORANGE   7 LIGHT BLUE   8 BLUE

1 LIGHT BLUE   2 PINK   3 BLUE   4 PURPLE

5 GOLD   6 YELLOW   7 RED

1 BROWN 2 TAN 3 YELLOW 4 PINK
5 RED 6 GREY 7 BLUE 8 LIGHT BLUE 9 GOLD

1 ORANGE 2 YELLOW 3 BLACK 4 RED

5 GREEN 6 BLUE 7 PURPLE 8 PINK

1 BLUE 2 PINK 3 TAN 4 PURPLE
5 GREY 6 YELLOW 7 LIGHT BLUE 8 GREEN

1 PINK   2 WHITE   3 LIGHT BLUE   4 YELLOW

5 BLUE   6 GOLD   7 GREY   8 GREEN

1 YELLOW
2 PINK
3 RED
4 ORANGE
5 TAN
6 PURPLE
7 WHITE
8 GREEN

1 ORANGE   2 RED   3 YELLOW   4 GREEN

5 BLUE   6 PINK   7 LIGHT BLUE   8 WHITE

1 ORANGE 2 RED 3 GREY 4 GREEN
5 YELLOW 6 LIGHT BLUE 7 ORANGE 8 PURPLE

1 TAN 2 RED 3 GREEN 4 YELLOW

5 PINK 6 LIGHT BLUE 7 BLUE 8 PURPLE

1 ORANGE 2 PINK 3 GREEN 4 WHITE

5 BLUE 6 YELLOW 7 PURPLE 8 RED

1 LIGHT BLUE   2 GREEN   3 YELLOW   4 PINK

5 RED   6 PURPLE   7 WHITE   8 GOLD

1 WHITE   2 PINK   3 BLUE   4 LIGHT BLUE

5 PURPLE   6 GREEN   7 RED   8 YELLOW

1 RED   2 YELLOW   3 BLUE   4 LIGHT BLUE

5 WHITE   6 ORANGE   7 GREY   8 BLACK

1 BLUE   2 PINK   3 RED   4 GREEN

5 TAN   6 YELLOW   7 PURPLE   8 GOLD

1 (ORANGE) 2 (PINK) 3 (BLUE) 4 (GOLD)

5 (RED) 6 (GREEN) 7 (YELLOW) 8 (BROWN)

1 ORANGE　　2 RED　　3 BLUE　　4 YELLOW

5 WHITE　　6 BROWN　　7 LIGHT BLUE　　8 PURPLE

1 BLUE   2 RED   3 GREEN   4 TAN

5 PURPLE   6 YELLOW   7 BROWN   8 BLACK

1 (BLUE 🖍)   2 (PINK 🖍)   3 (PURPLE 🖍)   4 (LIGHT BLUE 🖍)

5 (YELLOW 🖍)   6 (GOLD 🖍)   7 (ORANGE 🖍)   8 (RED 🖍)

1 ORANGE   2 YELLOW   3 TAN   4 WHITE

5 BLACK   6 GREEN   7 LIGHT BLUE   8 PINK

1 TAN | 2 GREEN | 3 LIGHT BLUE | 4 PURPLE
5 PINK | 6 GREY | 7 BROWN | 8 GOLD

1 PURPLE 2 PINK 3 GREEN 4 LIGHT BLUE

5 BROWN 6 GREY 7 YELLOW 8 WHITE

1 BLUE 2 WHITE 3 RED 4 LIGHT BLUE

5 BROWN 6 PINK 7 GREEN 8 YELLOW

1 PURPLE   2 YELLOW   3 GREEN   4 GOLD

5 TAN   6 GREY   7 LIGHT BLUE   8 BROWN

1 PURPLE   2 PINK   3 LIGHT BLUE   4 YELLOW

5 BROWN   6 ORANGE   7 GREEN   8 RED

1 GREEN   2 PINK   3 ORANGE   4 PURPLE

5 WHITE   6 YELLOW   7 LIGHT BLUE   8 BLUE

1 LIGHT BLUE   2 YELLOW   3 GOLD   4 GREEN

5 RED   6 ORANGE   7 PURPLE   8 PINK

1 TAN 2 GREEN 3 BLUE 4 LIGHT BLUE
5 GREY 6 YELLOW 7 BROWN 8 RED

1 (TAN) 2 (PINK) 3 (GOLD) 4 (RED)

5 (GREEN) 6 (YELLOW) 7 (LIGHT BLUE) 8 (WHITE)

1 BLUE   2 TAN   3 LIGHT BLUE   4 BROWN

5 WHITE   6 YELLOW   7 PINK   8 RED

1 GREEN   2 LIGHT BLUE   3 PURPLE   4 ORANGE

5 GOLD   6 RED   7 BLACK   8 BROWN

1 PINK 2 GOLD 3 RED 4 PURPLE

5 TAN 6 YELLOW 7 WHITE 8 GREEN

1 LIGHT BLUE 2 GOLD 3 WHITE 4 PINK

5 PURPLE 6 YELLOW 7 GREEN 8 RED

1 ORANGE   2 PINK   3 RED   4 GREEN

5 BLUE   6 YELLOW   7 LIGHT BLUE   8 PURPLE

1 PURPLE 2 PINK 3 BLUE 4 GOLD

5 BROWN 6 YELLOW 7 ORANGE 8 RED

1 GREEN   2 LIGHT BLUE   3 BLUE   4 ORANGE
5 YELLOW 6 PURPLE   7 PINK   8 RED

1 GOLD   2 PINK   3 BLUE   4 PURPLE

5 YELLOW   6 GREEN   7 LIGHT BLUE   8 RED

1 PURPLE 2 LIGHT BLUE 3 PINK 4 GREEN

5 YELLOW 6 WHITE 7 ORANGE 8 RED

1 ORANGE   2 LIGHT BLUE   3 GREEN   4 YELLOW

5 WHITE   6 TAN   7 GOLD   8 PURPLE